RÉPARE CE CAMION!

Michael Anthony Steele
Illustrations de Dynamo Limited
Texte français de Valérie Bourdeau

SCHOLASTIC

Catalogage avant publication de Bibliothèque et Archives Canada
Steele, Michael Anthony

[Fix that truck! Français]
        Répare ce camion! / Michael Anthony Steele ; illustrations de Dynamo
Limited ; texte français de Valérie Bourdeau.

(LEGO City)
Traduction de: Fix that truck!
ISBN 978-1-4431-6579-2 (couverture souple)

 I. Dynamo Limited, illustrateur II. Titre. III. Titre: Fix that truck! Français.
PZ23.S742Rep 2018   j813'.6   C2017-905600-X

Édition publiée par les Éditions Scholastic, 604, rue King Ouest, Toronto (Ontario) M5V 1E1 avec l'autorisation de The LEGO Group.

5 4 3 2 1   Imprimé aux États Unis   40   18 19 20 21 22

Conception graphique d'Angela Jun

— C'est trop bien! dit Éric. Je suis enfin assez grand pour venir vous aider, papa et toi, au garage de LEGO® City.

— Ça va être amusant, répond sa sœur, Annie. Je me souviens de mon premier jour de travail avec papa.

— Aujourd'hui, Annie va t'expliquer quoi faire, dit le papa d'Éric. J'ai perdu ma meilleure clé, et si je ne la retrouve pas, je ne pourrai pas réparer ce camion avant le retour de son propriétaire.

— Ne t'en fais pas, papa, dit Éric. Je suis assez grand pour aider à faire beaucoup de choses!

5

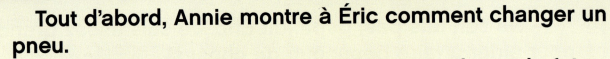

Tout d'abord, Annie montre à Éric comment changer un pneu.

— Regarde ça, Annie, je suis assez grand pour le faire tout seul! s'exclame Éric.

Il empoigne un gros pneu et tire, mais il perd rapidement l'équilibre quand le pneu se libère.

Éric et le pneu rebondissent sur une immense pile de pneus.
— Oh non! s'écrie Éric.

7

Les pneus volent dans tous les sens.

— Attention! crie un mécanicien.

— Wooooooo-woooo-wooooo! hurle Éric en rebondissant dans le garage.

— Tout roule pour ce garçon! s'exclame Steve.

Éric se masse la tête.

— Je crois que je ne suis pas assez grand pour changer un pneu, dit-il.

— Ce n'est pas grave, répond Annie. La première fois que j'ai essayé, le pneu a roulé et il est sorti par la porte. Essayons autre chose.

Elle lui montre un essuie-glace :

— Il est coincé. Regarde comment je fais pour le réparer.

— Je peux faire plus que regarder, répond Éric. Je suis assez grand pour t'aider.

Éric agrippe l'essuie-glace juste au moment où celui-ci commence à bouger. L'essuie-glace le projette dans les airs.

— Aaaaah! crie Éric alors qu'il traverse le garage.

— Oh là là! s'exclame Steve. Je ne savais pas qu'Éric pouvait voler.

Éric est étourdi et un peu gêné, mais sa sœur le remet sur pied.

— Je ne suis peut-être pas assez grand, dit-il.

— Ne t'en fais pas, dit Annie. Essayons quelque chose de plus facile.

Annie demande à son père s'il a retrouvé sa clé.

— Pas encore, répond-il. Et je commence à m'inquiéter. Si je ne la retrouve pas bientôt, le camion ne sera pas prêt à temps.

— Annie et moi allons garder l'œil ouvert, le rassure Éric.

Il aperçoit alors des motos.

— Génial! s'écrie-t-il, excité. Est-ce qu'on peut s'en occuper?

— Oui, répond Annie. Bonne idée! C'est très facile de gonfler les pneus. Va donc chercher le tuyau à air.

— Je l'ai presque, dit Éric en tirant sur le tuyau. Il est coincé.

— Fais attention, l'avertit Annie.

Éric accroche une étagère. Les bidons d'huile tombent sur le sol et se renversent partout.

— Oh non! s'écrie Éric. Je crois que je ne suis pas assez grand pour faire cela non plus.

— J'ai une idée, dit Annie. Si on allait un peu travailler dehors?

— D'accord, répond Éric.

— Ce camion à ordures doit être nettoyé, explique Annie. Penses-tu être assez grand pour le laver?

— Certainement! répond Éric en souriant.

19

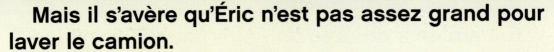

Mais il s'avère qu'Éric n'est pas assez grand pour laver le camion.

— Aaaaaaaaaah! crie-t-il.

Le puissant jet d'eau le projette dans les airs, et le tuyau le secoue dans tous les sens. Tout le monde autour de lui est trempé.

Annie aide Éric à se sécher avant de donner un coup de main aux mécaniciens pour éponger l'eau.

— Je ne suis bon à rien, dit Éric.

— Tout va bien, ne t'en fais pas, le rassure sa sœur. Ma première journée était bien pire.

SPLASH

Puis elle s'adresse à son père :

— Je pensais qu'il était assez grand pour faire toutes ces choses, mais il doit grandir encore un peu. Au moins, il est assez grand pour aider à nettoyer.

— Je ne m'inquiète pas pour Éric, mais je m'inquiète de ma clé disparue. Sans elle, je ne pourrai pas réparer le camion, et j'aurai de gros problèmes.

En nettoyant, Éric voit un objet brillant sous l'établi. Il laisse tomber sa vadrouille et se met à genoux. Il est assez petit pour ramper et atteindre l'objet.

C'est la clé de son père!

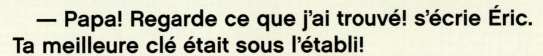

— Papa! Regarde ce que j'ai trouvé! s'écrie Éric. Ta meilleure clé était sous l'établi!

— On dirait que tu avais la taille idéale pour faire cela! dit Annie.

— Bravo fiston! dit le père d'Éric. Sans cette clé, je n'aurais pas pu finir mon travail. Je peux enfin réparer ce camion!